紅樓夢第九十三回

甄家僕投靠賈家門　水月菴掀翻風月案

却說馮紫英去後賈政叫門上的人來吩咐道今兒臨安伯那裡來請吃酒知道是什麼事門上的人道奴才曾問過並沒有什麼喜慶事不過南安王府裡到了一班小戲子都說是個名班伯爺高興唱兩天戲請相好的老爺們瞧瞧熱鬧熱鬧大約不用送禮的說着賈赦過來問道明兒二老爺去不去賈政道承他親熱怎麼好不去的說着門上進來回道衙門裡書辦來請老爺明日上衙門有堂派的事必得早些去賈政道知道了說着只見兩個管屯裡地租子的家人走來請了安磕了頭旁

邊站着賈政道你們是郝家庄的兩個答應了一聲賈政也不往下問竟與賈赦各自說了一回話兒散了家人等秉着手燈送過賈赦去這裡賈璉便叫那管租的人道說你的那人說道十月裡的租子奴才已經赶上來了原是明兒可到誰知京外拿車把車上的東西不由分說都掀在地下奴才告訴他說是府裡收租子的車不是買賣車他更不管這些奴才叫車夫只管拉着走几個衙役就把車夫混打了一頓硬扯了兩輛車去了奴才所以先來回報求爺打發個人到衙門裡去要了來纔好再者也整治整治這些無法無天的差役纔好爺還不知道呢更可憐的是那買賣車客商的東西全不顧掀下來赶着就

走那些赶車的但說句話打的頭破血出的賈璉聽了罵道這個還了得立刻寫了一個帖兒叫家人拿去向拿車的衙門裡要車去并車上東西若少了一件是不依的快叫周瑞周瑞不在家又叫旺兒旺兒晌午出去了還沒有回来賈璉道這些忘八羔子一個都不在家他們終年家吃糧不管事因吩咐小厮們快給我找去說着也回到自已屋裡睡下不題且說臨安伯第二天又打發人来請賈政告訴賈赦道我是衙門裡有事璉兒要在家等候拿車的事情也不能去倒是大老爺帶寶玉應酬一天也罷了賈赦點頭道也使得賈政遣人去叫寶玉說今兒跟大爺到臨安伯那裡聽戲去寶玉喜歡的了不得便換上

衣服帶了焙茗掃紅鋤藥三個小子出来見了賈赦請了安上了車來到臨安伯府裡門上人回進去一會子出來說老爺請于是賈赦帶着寶玉走入院內只見賓客喧闐賈赦寶玉見了臨安伯又與衆賓客都見過了禮大家坐着說笑了一回只見一個掌班的拿着一本戲单一個牙笏向上打了一個千兒說道求各位老爺賞戲先從尊位點起挨至賈赦也點了一齣那人回頭見了寶玉便不向别處去竟搶步上来打個千兒道求二爺賞兩齣寶玉一見那人面如傅粉唇若塗砂鮮潤如出水芙蕖飄揚似臨風玉樹原來不是别人就是蔣玉函前日聽得他帶了小戲兒進京也没有到自已那裡此時見了又不好站

起来只得笑道你多早晚來的蔣玉函把手在自己身子上一指笑道怎麽二爺不知道麽寶玉因衆人在坐也難說話只得胡亂點了一齣蔣玉函去了便有幾個議論道此人是誰有的說他向來是唱小旦的如今不肯唱小旦年紀也大了就在府裡掌班頭裡也改過小生他也攢了好幾個錢家裡已經有兩三個鋪子只是不肯放下本業原舊領班有的說想必成了家了有的說親還没有定他倒拿定一個主意說是人生配偶關係一生一世的事不是混鬧得的不論尊卑貴賤總要配的上他的纔能所以到如今還並没娶親寶玉暗忖度道不知日後誰家的女孩兒嫁他要嫁着這樣的人材兒也算是不辜負了

那時開了戲也有昆腔也有高腔也有弋腔梆子腔做得熱鬧過了晌午便擺開桌子吃酒又看了一回賈赦便欲起身臨安伯過来留道天色尚早聽見說蔣玉函還有一齣占花魁他們頂好的首戲寶玉聽了巴不得賈赦不走于是賈赦又坐了一會果然蔣玉函扮着秦小官伏侍花魁醉後神情把這一種憐香惜玉的意思做得極情盡致以後對飲對唱纏綿繾綣寶玉這時不看花魁只把兩支眼睛獨射在秦小官身上更加蔣玉函聲音响喨口齒清楚按腔落板寶玉的神魂都唱了進去了直等這齣戲進場後更知蔣玉函極是情種非尋常戲子可比因想着樂記上說的是情動於中故形於聲聲成文謂之音所

以知聲知音知樂有許多講究聲音之原不可不察詩詞一道但能傳情不能入骨自後想要講究講究音律寶玉想出了神忽見賈赦起身主人不及相留寶玉沒法只得跟了回來到了家中賈赦自回那邊去了寶玉來見賈政賈政纔下衙門正向賈璉問起拿車之事賈璉道今兒叫人拿帖兒去知縣不在家他的門上說了這是本官不知道的並無牌票出去拿車都是那些混賬東西在外頭撒野擠訛頭既是老爺府裡的我便立刻叫人去追辦包管明兒連車連東西一并送來如有半點差遲再行稟過本官重重處治此刻本官不在家求這裡老爺看破些可以不用本官知道更好賈政道既無官票倒底是何等樣人在那裡作怪賈璉道老爺不知外頭都是這樣想來明兒必定送來的賈璉說完下來寶玉上去見了賈政問了幾句便叫他往老太太那裡去賈璉因為昨夜叫空了家人出來傳喚那起人多已伺候齊全賈璉罵了一頓叫大管家賴升將各行檔的花名冊子拿來你去查點查點寫一張諭帖叫那些人知道若有並未告假私自出去傳喚不到貽誤公事的立刻給我打了攆出去賴升連忙答應了幾個是出來吩咐了一回家人各自留意過不幾時忽見有一個人頭上載着氈帽身上穿着一身青布衣裳脚下穿着一雙撒鞋走到門上向眾人作了個揖眾人拿眼上上下下打諒了他一番便問他是那裡來的那

人道我自南邊甄府中来的并有家老爺手書一封求這裡的爺們呈上尊老爺衆人聽見他是甄府來的纔站起来讓他坐下道你乏了且坐坐我們給你回就是了門上一面進來回明賈政呈上來書賈政拆書看時上寫着

世交夙好氣誼素敦遥仰襜帷不勝依切弟因菲材獲譴自分萬死難償幸邀寬宥待罪邊隅迄今門戶凋零家人星散所有奴子包勇向曾使用雖無奇技人尚慤實倘使得餬奔走餬口有資屋烏之愛感佩無涯矣專此奉達餘容再叙不宣

賈政看完笑道這裡正因人多甄家倒荐人來又不好却的吩咐門上叫他見我且留他住下因材使用便了門上出去帶進人來見賈政便磕了三個頭起來道家老爺請老爺安自巳又打偏千兒說包勇請老爺安賈政回問了甄老爺的好便把他上下一瞧但見包勇身長五尺有零肩背寬肥濃眉爆眼磕額長髯氣色粗黑垂着手站着便問道你是向來在甄家的還是住過幾年的包勇道小的向在甄家的賈政道你如今為什麼要出來呢包勇道小的原不肯出來只是家爺再四叫小的出來說是別處你不肯去這裡老爺家裡只當原在自巳家裡一樣的所以小的來的賈政道你們老爺不該有這事情弄到這樣的田地包勇道小的本不敢說我們老爺只是太好了一味

的真心待人反倒招出事來賈政道真心是最好的了包勇道因爲太真了人人都不喜歡討人厭煩是有的賈政笑了一笑道既這樣皇天自然不負他的包勇還要說時賈政又問道我聽見說你們家的哥兒不是也叫寶玉麽包勇道是賈政道他還肯向上巴結麽包勇道老爺若問我們哥兒倒是一段奇事哥兒的脾氣也和我家老爺一個樣子也是一味的誠實從小兒只管和那些姐妹們在一處頑老爺太太也狠打過幾次他只是不改那一年太太進京的時候兒哥兒大病了一塲巳經死了半日把老爺幾乎急死裝裹都預備了幸喜後來好了嘴裡說道走到一座牌樓那裡見了一個姑娘領着他到了一座

廟裡見了好些櫃子裡頭見了好些册子又到屋裡見了無數女子說是多變了鬼怪似的也有變做骷髏兒的他嚇急了便哭喊起來老爺知他醒過來了連忙調治漸漸的好了老爺仍叫他在姐妹們一處頑去他竟改了脾氣了好着時候的頑意兒一槪都不要了惟有念書爲事就有什麽人來引誘他他也全不動心如今漸漸的能穀幫着老爺料理些家務了賈政默然想了一回道你去歇歇去罷等這裡用着你時自然派你一個行次兒包勇答應着退下來跟着這裡人出去歇息不提一日賈政早起剛要上衙門看見門上那些人在那裡交頭接耳好像要使賈政知道的是的又不好明回只管咕咕唧唧的說

話賈政叫上來問道你們有什麼事這麼鬼鬼祟祟的門上的人回道奴才們不敢說賈政道有什麼事不敢說的門上的人道奴才今兒起來開門出去見門上貼着一張白紙上寫着許多不成事體的字賈政道那裡有這樣的事寫的是什麼門上的人道是水月菴裡的腌臢話賈政道拿給我瞧門上的人道奴才本要揭下來誰知他貼得結實揭不下來只得一面抄一面洗剛纔李德揭了一張給奴才瞧就是那門上貼的話奴才們不敢隱瞞說着呈上那帖兒賈政接來看時上面寫着

　西貝草斤年紀輕水月庵裡管尼僧一個男人多少女窩娼聚賭是陶情不肖子弟來辦事榮國府內出新聞

賈政看了氣得頭昏目暈趕着叫門上的人不許聲張悄悄叫人往寧榮兩府靠近的夾道子墻壁上再去找尋隨即叫人去喚賈璉出來賈璉即忙赶至賈政忙問道水月菴中寄居的那些女尼女道向來你也查考查考過沒有賈璉道沒有一向都是芹兒在那裡照管賈政道你知道芹兒照管得來照管不來賈璉道老爺既這麼說想來芹兒必有不妥當的地方兒賈政歎道你瞧瞧這個帖兒寫的是什麼賈璉一看道有這樣事麼正說着只見賈蓉走來拿着一封書子寫着二老爺密啟打開看時也是無頭榜一張與門上所貼的話相同賈政道快叫賴大帶了三四輛車子到水月菴裡去把那些女尼女道士一齊

拉回來不許泄漏只說裡頭傳喚賴大領命去了且說水月庵中小女尼女道士等初到庵中沙彌與道士原係老尼收管日間教他些經懺已後元妃不用也便習學得懶怠了那些女孩子們年紀漸漸的大了都有也個知覺了更兼賈芹也是風流人物打量芳官等出家只是小孩子性兒便去招惹他們那知芳官竟是真心不能上手便把這心腸移到女尼女道士身上因那小沙彌中有個名叫沁香的和女道士中有個叫做鶴仙的長得都甚妖嬈賈芹便和這兩個人勾搭上了閑時便學些絲絃唱個曲兒那時正當十月中旬賈芹給庵中那些人領了月例銀子便想起法兒來告訴衆人道我為你們領月錢不能

進城又只得在這裡歇着怪冷的怎麽樣我今兒帶些菓子酒大家吃着樂一夜好不好那些女孩子都高興便擺起桌子連本菴的女尼也叫了來惟有芳官不來賈芹喝了幾杯便說道要行令沁香等道我們都不會到不如搳拳罷誰輸了喝一杯豈不爽快本菴的女尼道這天剛過晌午混嚷混喝的不像且先喝幾鍾愛散的先散去誰愛陪芹大爺的回來晚上儘子喝去我也不管正說着只見道婆急忙進來說快散了罷府裡賴大爺来了衆女尼忙亂收拾便叫賈芹躲開賈芹因多喝了幾杯便道我是送月錢來的怕什麼話猶未完已見賴大進來見這般樣子心裡大怒爲的是賈政吩咐不許聲張只得含糊裝

笑道芹大爺也在這裡呢麽賈芹連忙站起來道賴大爺你來
作什麽賴大說大爺在這裡更好快快叫沙彌道士收拾上車
進城宮裡傳呢賈芹等不知原故還要細問賴大說天已不早
了快快的好赶進城衆女孩子只得一齊上車賴大騎着大走
騾押着赶進城不題却說賈政知道這事氣得衙門也不能上
了坐獨在內書房嘆氣賈璉也不敢走開忽見門上的進來禀
道衙門裡今夜該班是張老爺因張老爺病了有知會來請老
爺補一班賈政正等賴大回來要辦賈芹此時又要該班心裡
納悶也不言語賈璉走上去說道賴大是飯後出去的水月菴
離城二十來里就赶進城也得二更天今日又是老爺的帮班

請老爺只管去賴大來了叫他押着也別聲張等明兒老爺回
來再發落倘或芹兒來了也不用說明看他明兒見了老爺怎
麽樣說賈政聽來有理只得上班去了賈璉抽空纔要回到自
已房中一面走着心裡抱怨鳳姐出的主意欲要埋怨因他病
着只得隱忍慢慢的走着且說那些下人一人傳十傳到裡頭
先是平兒知道即忙告訴鳳姐鳳姐因那一夜不好懨懨的總
沒精神正是惦記鐵檻寺的事情聽說外頭貼了匿名揭帖的
一句話唬了一跳忙問帖的是什麽平兒隨口答應不留神就
錯說了道沒要緊是饅頭菴裡的事情鳳姐本是心虛聽見饅
頭菴的事情這一唬直唬怔了一句話沒說出來急火上攻眼

前發暈咳嗽了一陣哇的一聲吐出一口血來平兒慌了說道水月菴裡不過是女沙彌女道士的事奶奶着什麼急鳳姐聽是水月菴纔定了定神說道呸糊塗東西到底是水月菴呢是饅頭菴平兒笑道是我頭裡錯聽了是饅頭菴後來聽見不是饅頭菴是水月菴我剛纔也說說溜了嘴說成饅頭菴了鳳姐道我就知道是水月菴那饅頭菴與我什麼相干原是這水月菴是我叫芹兒管的大約刻扣了月錢平兒道我聽着不像月錢的事還有些腌臢話呢鳳姐道我更不管那個你二爺那裡去了平兒說聽見老爺生氣他不敢走開我聽見事情不好我吩咐這些人不許吵嚷不知太太們知道了麼但聽見說老爺

叫賴大拿這些女孩子去了且叫個人前頭打聽打聽奶奶現在病着依我竟先別管他們的閒事正說着只見賈璉進來鳳欲待問他見賈璉一臉的怒氣暫且裝作不知賈璉飯沒吃完旺兒來說外頭請爺呢賴大回來了賈璉道芹兒來了沒有旺兒道也來了賈璉便道你去告訴賴大說老爺上班兒去了把這些個女孩子暫且收在園裡明日等老爺回來送進宮去只叫芹兒在內書房等着我旺兒去了賈芹走進書房只見那些下人指指點點不知說什麼看起這個樣兒來不像宮裡要人想着問人又問不出來正在心裡疑惑只見賈璉走出來賈芹便請了安垂手侍立說道不知道娘娘宮裡即刻傳那些孩子

們做什麼叫姪兒好趕幸喜侄兒今兒送月錢去還沒有走便同着賴大來了二叔想來是知道的賈璉道我知道什麼你纔是明白的呢賈芹摸不着頭腦兒也不敢再問賈璉道你幹得好事把老爺都氣壞了賈芹道侄兒沒有幹什麼菴裡月錢是月月給的孩子們經懺是不忘記的賈璉見他不知又是平素常在一處頑笑的便嘆口氣道打嘴的東西你各自去瞧瞧罷便從靴掖兒裡頭拿出那個揭帖來扔與他瞧賈芹拾來一看嚇得面如土色說道這是誰幹的我並沒得罪人為什麼這麼坑我我一月送錢去只走一趟並沒有這些事若是老爺回來打着問我侄兒便該死了我母親知道更要打死說着見沒人

在旁邊便跪下去說道好叔叔救我一救兒罷說着只管磕頭滿眼淚流賈璉想道老爺最惱這些要是問准了有這些事這場氣也不小鬧出去也不好聽又長那個貼帖兒的人的志氣了將來咱們的事多着呢倒不如趁着老爺上班兒和賴大商量着若混過去就可以沒事了現在沒有對証想定主意便說你別瞞我你幹的鬼鬼祟祟的事你打諒我都不知道呢若要完事就是老爺打着問你你一口咬定沒有纔好沒臉的起去罷叫人去喚賴大不多時賴大來了賈璉便與他商量賴大說這芹大爺本來鬧的不像了奴才今兒到菴裡的時候他們正在那裡喝酒呢帖兒上的話是一定有的賈璉道芹兒你聽賴

大還賴你不成賈芹此時紅漲了臉一句也不敢言語還是賈璉拉著賴大央他護庇護庇罷只說賈芹哥兒在家裡我來的你帶了他去只說沒有見我明日你求老爺也不用問那些女孩子了竟是叫了媒人來領了去一賣完事果然娘娘再要的時候兒咱們再買賴大想來鬧也無益且名聲不好就應了賈璉叫賈芹跟了賴大爺去罷聽着他教你你就跟著他說罷賈芹又磕了一個頭跟着賴大出去到了沒人的地方兒又給賴大磕頭賴大說我的小爺你太鬧的不像了不知得罪了誰鬧出這個亂兒你想想誰和你不對罷賈芹想了一想忽然想起一個人來未知是誰下回分解

紅樓夢第九十三回終

紅樓夢第九十四回

宴海棠賈母賞花妖　失寶玉通靈知奇禍

話說賴大帶了賈芹出來一宿無話靜候賈政回來單是那些女尼女道重進園來都喜歡的了不得欲要到各處逛逛明日預備進宮不料賴大便吩咐了看園的婆子並小厮看守惟給了些飯食却是一步不准走開那些女孩子摸不着頭腦只得坐着等到天亮園裡各處的丫頭雖都知道拉進女尼們來預備宮裡使喚却也不能深知原委到了明日早起賈政正要下班因堂上發下兩省城工估銷册子立刻要查核一時不能回家便叫人回來告訴賈璉說賴大回來你務必查問明白該如

何辦就如何辦了不必等我賈璉奉命先替芹兒喜歡又想道若是辦得一點影兒都沒有又恐賈政生疑不如回明二太太討個主意辦去便是不合老爺的心我也不至甚擔干係主意定了進內去見王夫人陳說昨日老爺見了揭帖生氣把芹兒和女尼女道等都叫進府來查辦今日老爺沒空問這種不成體統的事叫我來回太太該怎麼便怎麼樣我所以來請示太太這件事如何辦理王夫人聽了詫異道這是怎麼說若是芹兒這麼樣起來這還成偺們家的人了麼但只這個貼帖兒的也可惡這些話可是渾嚼說得的麼你到底問了芹兒有這件事沒有呢賈璉道剛纔也問過了太太想別說他幹了沒有就

是幹了一個人幹了混賬事也肯應承麽但只我想芹兒也不敢行此事知道那些女孩子都是娘娘一時要叫的倘或鬧出事來怎麽樣呢依姪兒的主見要問也不難若問出來太太怎麽個辦法呢王夫人道如今那些女孩子在那裡賈璉道都在園裡鎖着呢王夫人道姑娘們知道不知道賈璉道大約姑娘們也都知道是預備宮裡頭的話外頭並沒提起別的來王夫人道狠是這些東西一刻也是留不得的頭裡我原要打發他們去來着都是你們說留着好如今不是弄出事來了麽你竟叫賴大那些人帶去細細的問他的本家有人沒有將文書查出花上幾十兩銀子僱隻船派個妥當人送到本地一槩連文

書發還了也落得無事若是為着一兩個不好個個都押着他們還俗那又太造孽了若在這裡發給官媒雖然我們不要身價他們弄去賣錢那裡顧人的死活呢芹兒呢你便狠狠的說他一頓除了祭祀喜慶無事叫他不用到這裡來看仔細碰在老爺氣頭兒上那可就吃不了兜着走了並說與賬房兒裡把這一項錢糧檔子銷了還打發個人到水月菴說老爺的諭除了上坟燒紙若有本家爺們到他那裡去不許接待若再有一點不好風聲連老姑子一並攆出去賈璉一一答應了出去將王夫人的話告訴賴大說是太太主意叫你這麽辦去辦完了告訴我去回太太你快辦去罷回來老爺來你也按着太太的

話回去賴大聽說便道我們太太真正是個佛心這班東西着人送回去旣是太太好心不得不挑個好人芹哥兒竟交給二爺開發了罷那個貼帖兒的奴才想法兒査出來重重的收拾他纔好賈璉點頭說是了卽刻將賈芹發落賴大也赶着把女尼等領出按着主意辦去了晚上賈政回家賈璉賴大回明賈政賈政本是省事的人聽了也便開手了獨有那些無賴之徒聽得賈府發出二十四個女孩子出來那個不想究竟那些人能彀回家不能未知着落亦難虛擬且說紫鵑因黛玉漸好園中無事聽見女尼等預備宮內使喚不知何事便到賈母那邊打聽打聽恰遇着鴛鴦下來閒着坐下說閒話兒提起女尼的

事鴛鴦咤異道我並沒有聽見回來問問二奶奶就知道了正說着只見傅試家兩個女人過來請賈母的安鴛鴦要陪了上去那兩個女人因賈母正睡晌覺就與鴛鴦說了一聲兒回去了紫鵑問這是誰家差來的鴛鴦道好討人嫌家裡有了一個女孩兒生得好些便獻寶的是的常常在老太太面前誇他家姑娘長得怎麽好心地怎麽好禮貌上又能說話兒又簡絶做活計兒手兒又巧會寫會筭尊長上頭最孝敬的就是待下人也是極和平的來了就編這麽一大套常常說給老太太聽我聽着很煩這幾個老婆子眞討人嫌我們老太太偏愛聽那些個話老太太也罷了還有寶玉素常見了老婆子便狠厭煩的

偏見了他們家的老婆子便不厭煩你說奇不奇前兒還来說他們姑娘現有多少人家兒來求親他們老爺總不肯應心裡只要和咱們這種人家作親纔肯一回誇獎一回奉承把老太太的心都說活了紫鵑聽了一呆便假意道若太太喜歡為什麼不就給寶玉定了呢鴛鴦正要說出原故聽見上頭說老太太醒了鴛鴦赶著上去紫鵑只得起身出來回到園裡一頭走一頭想道天下莫非只有一個寶玉你也想他我也想他我們家的那一位越發痴心起來了看他的那個神情兒是一定在寶玉身上的了三番五次的病可不是為着這個是什麼這家裡金的銀的還鬧不清若添了一個什麼傳姑娘更了不得了

我看寶玉的心也在我們那一位的身上聽着鴛鴦的說話竟是見一個愛一個的這不是我們姑娘白操了心了嗎紫鵑本是想着黛玉往下一想連自己也不得主意了不免掉下淚来要想叫黛玉不用瞎操心呢又恐怕他煩惱若是看着他這樣又可憐見兒的左思右想一時煩躁起來自己啐自己道你替人躭什麼憂就是林姑娘真配了寶玉他的那性情兒也是難伏侍的寶玉性情雖好又是貪多嚼不爛的我倒勸人不必瞎操心我自己纔是瞎操心呢從今已後我盡我的心伏侍姑娘其餘的事全不管這麼一想心裡倒覺清凈回到瀟湘館來見黛玉獨自一人坐在炕上理從前做過的詩文詞稿抬頭見紫

鵑來便問你到那裡去了紫鵑道我今兒瞧了瞧姐妹們去黛玉道敢是找襲人姐姐去麼紫鵑道我找他做什麼黛玉一想這話怎麼順嘴說了出來反覺不好意思便啐道你找誰與我什麼相干倒茶去罷紫鵑也心裡暗笑出來倒茶只聽見園裡的一疊聲亂嚷不知何故一面倒茶一面叫人去打聽回來說道怡紅院裡的海棠本來萎了幾棵也沒人去澆灌他昨日寶玉走去瞧見枝頭上好像有了骨朵兒是的人都不信沒有理他忽然今日開得很好的海棠花衆人詫異都爭着去看連老太太太太都鬨動了來瞧花兒呢所以大奶奶叫人收拾園裡敗葉枯枝這些人在那裡傳喚黛玉也聽見了知道老太太來

便更了衣叫雪雁去打聽若是老太太來了即來告訴我雪雁去不多時便跑來說老太太太太好些人都來了請姑娘就去罷黛玉畧自照了一照鏡子掠了一掠鬢髮便扶着紫鵑到怡紅院來已見老太太坐在寶玉常卧的榻上黛玉便說道請老太太安退後便見了邢王二夫人回來與李紈探春惜春邢岫烟彼此問了好只有鳳姐因病未來史湘雲因他叔叔調任回京接了家去薛寶琴跟他姐姐家去住了李家姐妹因見園內多事李嬸娘帶了在外居住所以黛玉今日見的有只數人大家說笑了一回講究這花開得古怪賈母道這花兒應在三月裡開的如今雖是十一月因節氣遲還算十月應着小陽春的

開花也天氣因為和暖是有的王夫人道老太太見的多說得是也不為奇邢夫人道我聽見這花已經萎了一年怎麼這回不應時候兒開了必有個原故李紈笑道老太太與太太說得都是據我的糊塗想頭必是寶玉有喜事來了此花先來報信探春雖不言語心內想此花必非好兆大凡順者昌逆者亡草木知運不時而發必是妖孽只不好說出來獨有黛玉聽說是喜事心裡觸動便高興說道當初田家有荊樹一棵三個弟兄因分了家那荊樹便枯了後來感動了他弟兄們仍舊歸在一處那荊樹也就榮了可知草木也隨人的如今二哥哥認真念書舅舅喜歡那棵樹也就發了賈母王夫人聽了喜歡便說林

姑娘比方得有理狠有意思正說着賈赦賈政賈環賈蘭都進來看花賈赦便說據我的主意把他砍去必是花妖作怪賈政道見怪不怪其怪自敗不用砍他隨他去就是了賈母聽見便說誰在這裡混說人家有喜事好處什麼怪不怪的若有好事你們享去若是不好我一個人當去你們不許混說賈政聽了不敢言語訕訕的同賈赦等走了出來那賈母高興叫人傳話到廚房裡快快預備酒席大家賞花叫寶玉環兒蘭兒各人做一首詩誌喜林姑娘的病纔好不要他費心若高興給你們改改對着李紈道你們都陪我喝酒李紈答應了是便笑對探春笑道都是你鬧的探春道饒不叫我們做詩怎麼我們鬧的李

紈道海棠社不是你起的麽如今那棵海棠也要來入社了大家聽着都笑了一時擺上酒菜一面喝着彼此都要討老太太的歡喜大家說些興頭話寶玉上來斟了酒便立成了四句詩寫出來念與賈母聽道

海棠何事忽摧隤　今日繁花爲底開
應是北堂增壽考　一陽旋復占先梅

賈環也寫了來念道

草木逢春當茁芽　海棠未發候偏差
人間奇事知多少　冬月開花獨我家

賈蘭恭楷謄正呈與賈母賈母命李紈念道

烟凝媚色春前萎　霜浥微紅雪後開
莫道此花知識淺　欣榮預佐合歡盃

賈母聽畢便說我不大懂詩聽去倒是蘭兒的好環兒做得不好都上來吃飯罷寶玉看見賈母喜歡更是興頭因想起晴雯死的那年海棠死的今日海棠復榮我們院內這些人自然都好但是晴雯不能像花的死而復生了頓覺轉喜爲悲忽又想起前日巧姐提鳳姐要把五兒補入或此花爲他而開也未可知却又轉悲爲喜依舊說笑賈母還坐了半天然後扶了珍珠回去了王夫人等跟着過來只見平兒笑嘻嘻的迎上來說我們奶奶知道老太太在這裡賞花自己不得來叫奴才來伏侍

老太太太們還有兩疋紅送給寶二爺包裹這花當作賀禮襲人過來接了呈與賈母看賈母笑道偏是鳳丫頭行出點事兒來叫人看着又體面又新鮮狠有趣兒襲人笑着向平兒道回去替寶二爺給二奶奶道謝要有喜大家喜賈母聽了笑道噯喲我還忘了呢鳳丫頭雖病着還是他想得到送得也巧一面說着衆人就隨着去了平兒私與襲人道奶奶說這花開得奇怪叫你鉸塊紅紬子掛掛便應在喜事上去了巳後也不必只管當作奇事混說襲人點頭答應送了平兒出去不題且說那日寶玉本來穿着一裏圓的皮襖在家歇息因見花開只管出來看一回賞一回歎一回愛一回的心中無數悲喜離合都

弄到這株花上去了忽然聽說賈母要來便去換了一件狐腋箭袖罩一件元狐腿外褂出來迎接賈母匆匆穿換未將通靈寶玉掛上及至後來賈母去了仍舊換衣襲人見寶玉脖子上沒有掛着便問那塊玉呢寶玉道纔剛忙亂換衣摘下來放在炕桌上我沒有帶襲人回看桌上並沒有玉便向各處找尋踪影全無嚇得襲人滿身冷汗寶玉道不用着急少不得在屋裡的問他們就知道了襲人當作麝月等藏起嚇他頑便向麝月等笑着說道小蹄子們頑呢到底有個頑法把這件東西藏在那裡了別真弄丢了那可就大家活不成了麝月等都正色道這是那裡的話頑是頑笑是笑這個事非同兒戲你可別混說

你自已昏了心了想想罷想想擱在那裡了這會子又混賴人了襲人見他這般光景不像是頑話便着急道皇天菩薩小祖宗到底你擺在那裡去了寶玉道我記得明明放在炕桌上的你們到底找啊襲人麝月秋紋等也不敢叫人知道大家偷偷兒的各處搜尋鬧了大半天毫無影響甚至番箱倒籠實在沒處去找便疑到方纔這些人進來不知誰檢了去了襲人說道進来的誰不知道這玉是性命是的東西呢誰敢檢了去呢你們好歹先別聲張快到各處問去若有姐妹們檢着嚇我們頑呢你們給他磕頭要了回来若是小丫頭偷了去問出來也不回上頭不論檢什麽送他換了出來都使得的這可不是小事

真要丟了這個比丟了寶二爺的還利害呢麝月秋紋剛要往外走襲人又赶出來囑咐道頭裡在這裡吃飯的倒先別問去找不成再惹出些風波來更不好了麝月等依言分頭各處追問人人不曉個個驚疑麝月等回來俱目瞪口呆面面相窺寶玉也嚇怔了襲人急的只是乾哭找是沒處找回又不敢回怡紅院裡的人嚇得個個像木雕泥塑一般大家正在發獃只見各處知道的都來了探春叫把園門關上先命個老婆子帶着兩個丫頭再往各處去尋去一面又叫告訴衆人若誰找出來重重的賞銀大家頭宗要脫干係二宗聽見重賞不顧命的混找了一遍甚至于茅厠裡都找到誰知那塊玉竟像綉花針兒

一般找了一天總無影響李紈急了說這件事不是頑的我要說句無禮的話了衆人道什麽呢李紈道事情到了這裡也顧不得了現在園裡除了寶玉都是女人要求各位姐姐妹妹姑娘都要叫跟來的丫頭脫了衣服大家搜一搜若沒有再叫丫頭們去搜那些老婆子並粗使的丫頭大家說道這話也說的有理現在人多手亂魚龍混雜到是這麽以來你們也洗洗清探春獨不言語那些丫頭們也都愿意洗凈自已先是平兒起平兒說道打我先搜起於是各人自已解懷李紈一氣兒混搜探春嗔着李紈道大嫂子你也學那起不成材料的樣子來了那個人既偷了去還肯藏在身上况且這件東西在家裡是寶到了外頭不知道的是廢物偷他做什麽我想來必是有人使促狹衆人聽說又見環兒不在這裡昨兒是他滿屋裡亂跑都疑到他身上只是不肯說出來探春又道使促狹的只有環兒你們叫個人去悄悄的叫了他來背地裡哄着他叫他拿出来然後嚇着他叫他不要聲張這就完了大家點頭稱是李紈便向平兒道這件事還是得你去纔弄得明白平兒答應就趕着去了不多時同了環兒来了衆人假意裝出没事的樣子叫人沏了碗茶擱在裡間屋裡衆人故意搭赸走開叫平兒哄他平兒便笑着向環兒道你二哥哥的玉丢了你瞧見了没有買環便急得紫漲了臉瞪着眼說道人家丢了東西你怎麽又叫

我來查問疑我我是犯過案的賊麼平兒見這樣子到不敢再問便又陪笑道不是這麼說怕三爺要拿了去嚇他們所以白問問瞧見了没有好叫他們找賈環道他的玉在他身上看見不看見該問他怎麼問我捧着他的人多着咧得了什麼不来問我丢了東西就来問我說着起身就走衆人不好攔他這裡寶玉倒急了說道都是這勞什子鬧事我也不要他了你們也不用鬧了環兒一去必是嚷得滿院裡都知道了這可不是鬧事了麼襲人等急得又哭道小祖宗你看這玉丢了没要緊若是上頭知道了我們這些人就要粉身碎骨了說着便嚎啕大哭起來衆人更加傷感明知此事掩飾不来只得要商議定了

話回來好回賈母諸人寶玉道你們竟也不用商議硬說我砸了就完了平兒道我的爺好輕巧話兒上頭要問為什麼砸的呢他們也是個死啊倘或要起砸破的碴兒來那又怎麼樣呢寶玉道不然便說我前日出門丢了衆人一想這句話倒還混得過去但是這兩天又没上學又没往別處去寶玉道怎麼没有大前兒還到南安王府裡聽戲去了呢便說那日丢的探春道那也不妥既是前兒去的為什麼當日不来回衆人正在胡思亂想要裝點撒謊只聽得趙姨娘的聲兒哭着喊着走来說你們丢了東西自已不找怎麼叫人背地裡拷問環兒我把環兒帶了來索性交給你們這一起伏上水的該殺該剮隨你們

罷說着將環兒一推說你是個賊快快的招罷氣得環兒也哭喊起来李紈正要勸解丫頭來說太太來了襲人等此時無地可容寶玉等赶忙出来迎接趙姨娘暫且也不敢作聲跟了出來王夫人見衆人都有驚惶之色纔信方纔聽見的話便道那塊玉眞丢了麽衆人都不敢作聲王夫人走進屋裡坐下便叫襲人慌得襲人連忙跪下含淚要禀王夫人道你起來快快叫人細細找去一忙亂倒不好了襲人哽咽難言寶玉生恐襲人直告訴出來便說道太太這事不與襲人相干是我前日到南安王府那裡聽戲在路上丢了王夫人道爲什麽那日不找寶玉道我怕他們知道没有告訴他們我叫焙茗等在外頭各處我過的王夫人道胡說如今脫換衣服不是襲人他們伏侍的麽大凡哥兒出門回來手巾荷包短了還要個明白何况這塊玉不見了便不問的麽寶玉無言可答趙姨娘聽見便得意了忙接過口道外頭丢了東西也賴環兒話未說完被王夫人喝道這裡說這個你且說那些没要緊的話趙姨娘便不敢言語了還是李紈探春從實的告訴了王夫人一遍王夫人也急得淚如雨下索性要叫明賈母去問邢夫人那邊跟來的這些人去鳳姐病中也聽見寶玉失玉知道王夫人過來料躲不住便扶了豐兒來到園裡正値王夫人起身要走鳳姐嬌怯怯的說請太太安寶玉等過來問了鳳姐好王夫人因說道你也聽見

丁麼這可不是奇事嗎剛纔眼錯不見就丟了再找不着你去想想打從老太太那邊丫頭起至你們平兒誰的手不穩誰的心促狹我要回了老太太認真的查出來纔好不然是斷了寶玉的命根子了鳳姐回道咱們家人多手雜自古說的知人知面不知心那裏保得住誰是好的但是一吵嚷已經都知道了偷玉的人若叫太太查出來明知是死無葬身之地他着了急反要毀壞了滅口那時可怎麼處呢據我的糊塗想頭只說寶玉本不愛他撂丟了也沒有什麼要緊只要大家嚴密些別叫老太太老爺知道這麼說了暗暗的派人去各處察訪哄騙出來那時玉也可得罪名也好定不知太太心裡怎麼樣王夫人

遲了半日纔說道你這話雖也有理但只是老爺跟前怎麼瞞的過呢便叫環兒過來道你二哥哥的玉丟了白問了你一句怎麼你就亂嚷若是嚷破了人家把那個毀壞了我看你活得活不得賈環唬得哭道我再不敢嚷了趙姨娘聽了那裏還敢言語王夫人便吩咐眾人道想來自然有沒找到的地方兒好端端的在家裏的還怕他飛到那裏去不成只是不許聲張限襲人三天內給我找出來要是三天找不着只怕也瞞不住大家那就不用過安靜日子了說着便叫鳳姐兒跟到邢夫人那邊商議踩緝不題這裏李紈等紛紛議論便傳喚看園子的一干人來叫把園門鎖上快傳林之孝家的來悄悄兒的告訴了

他叫他吩咐前後門上三天之內不論男女下人從裡頭可以走動要出時一槩去不許放出只說裡頭丟了東西待這件東西有了着落然後放人出來林之孝家的答應了是因說前兒奴才家裡也丟了一件不要緊的東西林之孝必要明白上街去找了一個測字的那人叫做什麽劉鐵嘴測了一個字說的狠明白回來依舊一找便找着了襲人聽見便央及林家的道好林奶奶出去快求林大爺替我們問問去那林之孝家的答應着出去了邢岫烟道若說那外頭測字打卦的是不中用的我在南邊聞妙玉能扶乩何不煩他問一問况且我聽見說這塊玉原有仙机想來問得出來衆人都咤異道偺們常見的從

沒有聽他說起麝月便忙問岫烟道想來别人求他是不肯的好姑娘我給姑娘磕個頭求姑娘就去若問出來了我一輩子總不忘你的恩說着赶忙就要磕下頭去岫烟連忙攔住黛玉等也都慫恿着岫烟速往櫳翠菴去一面林之孝家的進來說道姑娘們大喜林之孝測了字回來說這玉是丟不了的將來橫豎有人送還來的衆人聽了也都半信半疑惟有襲人麝月喜歡的了不得探春便問測的是什麽字林之孝家的道他的話多奴才也學不上来記得是拈了個賞人東西的賞字那劉鐵嘴也不問便說丟了東西不是李紈道這就算好林之孝家的道他還說賞字上頭一個小字底下一個口字這件東西狠

可嘴裡放得必是個珠子寶石衆人聽了誇讃道真是神仙往下怎麼說林之孝家的道他說底下貝字折開不成一個見字可不是不見了因上頭折了當字叫快到當舖裡找去賞字加一人字可不是償字只要找着當舖就有人有了人便贖了來可不是償還了嗎衆人道既這麼着就先往左近找起橫豎幾個當舖都找遍了少不得就有了咱們有了東西再問人就容易了李紈道只要東西那怕不問人都使得林嫂子煩你就把測字的話快去告訴二奶奶回了太太先叫太太放心就叫二奶奶快派人查去林家的答應了便走衆人畧安了一點兒神呆呆的等岫烟回来正呆等只見跟寶玉的焙茗在門外招手

兒叫小丫頭子快出来那小丫頭赶忙的出去了焙茗便說道你快進去告訴我們二爺和裡頭太太奶奶姑娘們天大喜事那小丫頭子道你快說罷怎麼這麼累贅焙茗笑着拍手道我告訴姑娘姑娘進去回了咱們兩個人都得賞錢呢你打量什麼寶二爺的那塊玉呀我得了准信來了未知如何下回分解

紅樓夢第九十四回終

紅樓夢第九十五回

因訛成實元妃薨逝　以假混真寶玉瘋顛

話說焙茗在門口和小丫頭子說寶玉的玉有了那小丫頭急忙回來告訴寶玉衆人聽了都推着寶玉出去問他衆人在廊下聽着寶玉也覺放心便走到門口問道你那裡得了快拿來焙茗道拿是拿不來的還得托人做保去呢寶玉道你快說是怎麼得的我好叫人取去焙茗道我在外頭知道林爺爺去測字我就跟了去我聽見說在當鋪裡找我没等他說完便跑到幾個當鋪裡去我比給他個瞧有一家便說有我說給我罷那鋪子裡要票子我說當多少錢他說三百錢的也有五百錢的

也有前兒有一個人拿這麼一塊玉當了三百錢去今兒又有人也拿一塊玉當了五百錢去寶玉不等說完便道你快拿三百五百錢去取了來我們挑着看是不是裡頭襲人便啐道二爺不用理他我小時候兒聽見我哥哥常說有些人賣那些小玉兒没錢用便去當想來是家家當鋪裡有的衆人正在聽得咤異被襲人一說想了一想倒大家笑起來說快叫二爺進來罷不用理那糊塗東西了他說的那些玉想來不是正經東西寶玉正笑着只見岫烟来了原來岫烟走到櫳翠菴見了妙玉不及閒話便求妙玉扶乩妙玉冷笑幾聲說道我與姑娘來往爲的是姑娘不是勢利場中的人今日怎麼聽了那裡的謠言

過來纏我況且我並不曉得什麼叫扶乩說着將要不理岫烟懊悔此來知他脾氣是這麼着的一時我已說出不好白回去又不好與他質証他會扶乩的話只得陪着笑將襲人等性命關係的話說了一遍見妙玉畧有活動便起身拜了幾拜妙玉嘆道何必爲人作嫁但是我進京以來素無人知今日你來破例恐將來纏繞不休岫烟道我也一時不忍知你必是慈悲的便是將來他人求你願不願在你誰敢相强妙玉笑了一笑叫道婆焚香在箱子裡找出沙盤乩架書了符命岫烟行禮祝告畢起來同妙玉扶着乩不多時只見那仙乩疾書道

噫來無跡去無踪青埂峯下倚古松欲追尋山萬重入我門來一笑逢

書畢停了乩岫烟便問請是何仙妙玉道請的是拐仙岫烟錄了出來請教妙玉解識妙玉道這個可不能連我也不懂你快拿去他們的聰明人多着哩岫烟只得回來進入院中各人都問怎麼樣了岫烟不及細說便將所錄乩語遞與李紈衆姊妹及寶玉爭看都解的是一時要找是找不着的然而丟是丟不了的不知幾時不找便出來了但是青埂峯不知在那裡李紈道這是仙機隱語偺們家裡那裡跑出青埂峯來必是誰怕查出撂在有松樹的山子石底下也未可定獨是入我門來這句到底是入誰的門呢黛玉道不知請的是誰岫烟道拐仙探春

道若是仙家的門便難入了襲人心裡着忙便捕風捉影的混找沒一塊石底下不找到只是沒有回到院中寶玉也不問有無只管傻笑麝月着急道小祖宗你到底是那裡丟的說明了我們就是受罪也在明處啊寶玉笑道我說外頭丟的你們又不依你如今問我我知道麼李紈探春道今兒從早起鬧起已到三更來的天了你瞧林妹妹已經掌不住各自去了我們也該歇歇兒了明兒再鬧罷說着大家散去寶玉即便睡下可憐襲人等哭一回想一回一夜無眠暫且不提且說黛玉先自回去想起金石的舊話來反自喜歡心裡說道和尚道士的話真個信不得果真金玉有緣寶玉如何能把這玉丟了呢或者因

我之事拆散他們的金玉也未可知想了半天更覺安心把這一天的勞乏竟不理會重新倒看起書來紫鵑倒覺身倦連催黛玉睡下黛玉雖躺下又想到海棠花上說這塊玉原是胎裡帶來的非比尋常之物來去自有關係若是這花主好事呢不該失了這玉呀看來此花開的不祥莫非他有不吉之事不覺又傷起心來又轉想到喜事上頭此花又似應開此玉又似應出失如此一悲一喜直想到五更方睡着次日王夫人等早派人到當鋪裡去查問鳳姐暗中設法找尋一連鬧了幾天總無下落還喜賈母賈政未知襲人等每日提心吊胆寶玉也好幾天不上學只是怔怔的不言不語沒心沒緒的王夫人只知他因

失玉而起也不大着意那日正在納悶忽見賈璉進來請安嘻嘻的笑道今日聽得軍机賈雨村打發人来告訴二老爺說舅太爺陞了內閣大學士奉旨來京已定明年正月二十日宣麻有三百里的文書去了想舅太爺晝夜趲行半個多月就要到了姪兒特來回太太知道王夫人聽說便歡喜非常正想娘家人少薛姨媽家又衰敗了兄弟又在外任照應不着今日忽聽兄弟拜相回京王家榮耀將來寶玉都有倚靠便把失玉的心又略放開些了天天專望兄弟來京忽一天賈政進來滿臉淚痕喘吁吁的說道你快去禀知老太太即刻進宮不用多人的是你伏侍進去因娘娘忽得暴病現在太監在外立等他說太

醫院已經奏明痰厥不能醫治王夫人聽說便大哭起来賈政道這不是哭的時候快快去請老太太說得寬緩些不要嚇壞了老人家賈政說着出來吩咐家人伺候王夫人收了淚去請賈母只說元妃有病進去請安賈母念佛道怎麽又病了前番嚇的我了不得後來又打聽錯了這回情願再錯了也罷王夫人一面回答一面催鴛鴦等開箱取衣飾穿戴起来王夫人趕着回到自己房中也穿戴好了過來伺候一時出廳上轎進宮不題且說元春自選了鳳藻宮後聖眷隆重身體發福未免舉動費力每日起居勞乏時發痰疾因前日侍宴回宮偶沾寒氣勾起舊病不料此回甚屬利害竟至痰氣壅塞四肢厥冷一面

奏明即召太醫調治豈知湯藥不進連用通關之劑並不見效
內官憂慮奏請預辦後事所以傳旨命賈氏椒房進見賈母王
夫人遵旨進宮見元妃痰塞口涎不能言語見了賈母只有悲
泣之狀却少眼淚賈母進前請安奏些寬慰的話少時賈政等
職名遞進宮嬪傳奏元妃目不能顧漸漸臉色改變內宮太監
即要奏聞恐派各妃看視椒房姻戚未便久羈請在外宮伺候
賈母王夫人怎忍便離無奈國家制度只得下來又不敢啼哭
惟有心內悲感朝門內官員有信不多時只見太監出來立傳
欽天監賈母便知不好尚未敢動稍刻小太監傳諭出來說賈
娘娘薨逝是年甲寅年十二月十八日立春元妃薨日是十二

月十九日已交卯年寅月存年四十三歲賈母含悲起身只得
出宮上轎回家賈政等亦已得信一路悲感到家中邢夫人李
紈鳳姐寶玉等出廳分東西迎着賈母請了安並賈政王夫人
請安大家哭泣不題次日早起凡有品級的按貴妃喪禮進內
請安哭臨賈政又是工部雖按照儀注辦理未免堂上又要周
旋他些同事又要請教他所以兩頭更忙非比從前太后與周
妃的喪事了但元妃並無所出惟謚曰賢淑貴妃此是王家制
度不必多贅只講賈府中男女天天進宮忙的了不得幸喜鳳
姐兒近日身子好些還得出來照應家事又要預備王子騰進
京接風賀喜鳳姐胞兄王仁知道叔叔入了內閣仍帶家眷來

京鳳姐心裡喜歡便有些心病有這些娘家的人也便撂開所以身子倒覺比前好了些王夫人看見鳳姐照舊辦事又把担子卸了一半又眼見兄弟來京諸事放心倒覺安靜些獨有寶玉原是無職之人又不念書代儒學裡知他家裡有事也不來管他賈政正忙自然沒有空兒查他想來寶玉趁此機會竟可與姊妹們天天暢樂不料他自失了玉後終日懶怠走動說話也糊塗了并賈母等出門回來有人叫他去請安便去沒人叫他他也不動襲人等懷着鬼胎又不敢去招惹他恐他生氣每天茶飯端到面前便吃不來也不要襲人看這光景不像是有氣竟像是有病的襲人偷着空兒到瀟湘館告訴紫鵑說是二爺這麼着求姑娘給他開導開導紫鵑雖即告訴黛玉只因黛玉想着親事上頭一定是自己了如今見了他反覺不好意思若是他來呢原是小時在一處的也難不理他若說我去找他斷斷使不得所以黛玉不肯過來襲人又背地裡去告訴探春那知探春心裡明明知道海棠開得怪異寶玉失的更奇接連着元妃姐姐薨逝諒家道不祥日日愁悶那有心腸去勸寶玉況兄妹們男女有別只好過來一兩次寶玉又終是懶懶的所以也不大常來寶釵也知失玉因薛姨媽那日應了寶玉的親事回去便告訴了寶釵薛姨媽還說雖是你姨媽說了我還沒有應准說等你哥哥回來再定你願意不願意寶釵反正色的

對母親道媽媽這話說錯了女孩兒家的事情是父母做主的如今我父親沒了媽媽應該做主的再不然問哥哥怎麽問起我來所以薛姨媽更愛惜他說他雖是從小嬌養慣的卻也生來的貞靜因此在他面前反不提起寶玉了寶釵自從聽此一說把寶玉兩字自然更不提起了如今雖然聽見失了玉心裡也甚驚疑倒不好問祇得聽旁人說去竟像不與自己相干的只有薛姨媽打發了頭過來了好幾次問信因他自己的兒子薛蟠的事焦心只等哥哥進京便好為他出脫罪名又知元妃已薨雖然賈府忙亂卻得鳳姐好了出來理家也把賈家的事撂開了只苦了襲人雖然在寶玉跟前低聲下氣的伏侍勸慰寶玉竟是不懂襲人只有暗暗的着急而已過了幾日元妃停靈寢廟賈母等送殯去了幾天豈知寶玉一日呆似一日也不發燒也不疼痛只是吃不像吃睡不像睡甚至說話都無頭緒那襲人麝月等一發慌了回過鳳姐幾次鳳姐不時過來起先道是我不着玉生氣如今看他失魂落魄的樣子只有日日請醫調治煎藥吃了好幾劑只有添病的沒有減病的及至問他那裡不舒服寶玉也不說出來直至元妃事畢賈母惦記寶玉親自到園看視王夫人也隨過來襲人等道叫寶玉接去請安寶玉雖說是病每日原起來行動今日叫他接賈母去他依然仍是請安惟是襲人在旁扶着指教賈母見了便道我的兒我

打諒你怎麼病着故此過來瞧你今你依舊的模樣兒我的心放了好些王夫人也自然是寬心的但寶玉並不回答只管嘻嘻的笑賈母等進屋坐下問他的話襲人教一句他說一句大不似往常直是一個傻子似的賈母愈看愈疑便說我纔進来看時不見有什麼病如今細細一瞧這病果然不輕竟是神魂失散的樣子到底因什麼起的呢王夫人知事難瞞又瞧瞧襲人怪可憐的樣子只得便依着寶玉先前的話將那往南安王府裡去聽戲時丟了這塊玉的話悄悄的告訴了一遍心裡也傍皇的狠生恐賈母着急并說現在着人在四下裡找尋求籤問卦都說在當舖裡找少不得找着的賈母聽了急得站起来眼淚直流說道這件玉如何是丟得的你們忒不懂事了難道老爺也是撂開手的不成王夫人知賈母生氣叫襲人等跪下自己斂容低首回說媳婦恐老太太着急老爺生氣都沒敢回賈母咳道這是寶玉的命根子因丟了所以他是這麼失魂喪魄的還了得况是這玉滿城裡都知道誰撿了去便叫你們找出來麼叫人快快請老爺我與他說那時嚇得王夫人襲人等俱哀告道老太太這一生氣回來老爺更了不得了現在寶玉病着交給我們儘命裡找來就是了賈母道你們怕老爺生氣有我呢便叫麝月傳人去請不一時傳進話來說老爺謝客去了賈母道不用他也使得你們便說我說的話暫且也不用責罰

下人我便叫璉兒來寫出賞格懸在前日經過的地方便說有人檢得送來者情愿送銀一萬兩如有知人檢得送信找得者送銀五千兩如真有了不可吝惜銀子這麼一找少不得就找出來了若是靠着咱們家幾個人找就找一輩子也不能得王夫人也不敢直言賈母傳話告訴賈璉叫他速辦去了賈母便叫人將寶玉動用之物都搬到我那裡去只派襲人秋紋跟過來餘者仍留園內看屋子寶玉聽了終不言語只是傻笑賈母便攜了寶玉起身襲人等攙扶出園回到自己房中叫王夫人坐下看人收拾裡間屋內安置便對王夫人道你知道我的意思麼我爲的園裡人少怡紅院裡的花樹忽萎忽開有些奇怪頭裡仗着一塊玉能除邪祟如今此玉丟了生恐邪氣易侵故我帶他過來一塊兒住着這幾天也不用叫他出去大夫來就在這裡瞧王夫人聽說便接口道老太太想的自然是如今寶玉同着老太太住了老太太的福氣大不論什麼都壓住了賈母道什麼福氣不過我屋裡乾淨些經卷也多都可以念念定定心神你問寶玉好不好那寶玉見問只是笑襲人叫他說好寶玉也就說好王夫人見了這般光景未免落淚在賈母這裡不敢出聲賈母知王夫人着急便說道你回去罷這裡有我調停他晚上老爺回來告訴他不必來見我不許言語就是了王夫人去後賈母叫鴛鴦找些安神定魄的藥按方吃了不題且

說賈政當晚囘家在車內聽見道兒上人說道人要發財也容易的狠那個道怎麼見得這個人又道今日聽見榮府裡丟了什麼哥兒的玉了貼着招帖兒上頭寫着玉的大小式樣顏色說有人檢了送去就給一萬兩銀子送信的還給五千呢賈政雖未聽得如此真切心裡咤異急忙赶囘便叫門上的人問起那事來門上的人稟道奴才頭裡也不知道今兒晌午璉二爺傳出老太太的話叫人去貼帖兒纔知道的賈政便嘆氣道家道該衰偏生養這麼一個孽障纔養他的時候滿街的謠言隔了十幾年略好了些這會子又大張曉諭的找玉成何道理說着忙走進裡頭去問王夫人王夫人便一五一十的告訴賈政知是老太太的主意又不敢違拗只抱怨王夫人幾句又走

出來叫瞞着老太太背地裡揭了這個帖兒下来豈知早有那些游手好閑的人揭了去了過了些時竟有人到榮府門上口稱送玉來家內人們聽見喜歡的了不得便說拿来我給你囘去那人便懷內掏出賞格来指給門上人瞧道不是你府上的帖子麼寫明送玉來的給銀一萬兩二太爺你們這會子瞧我窮囘來我得了銀子就是個財主了别這麼待理不理的門上聽他話頭來得硬說道你到底畧給我瞧一瞧我好給你囘去那人初到不肯後來聽人說得有理便掏出那玉托在掌中一揚說這是不是衆家人原是在外服役只知有玉也不常見今

日纔看見這玉的摸樣兒了急忙跑到裡頭搶頭報似的那日賈政賈赦出門只有賈璉在家衆人回明賈璉還細問真不真門上人口稱親眼見過只是不給奴才要見主子一手交銀一手交玉賈璉却也喜歡忙去禀知王夫人即便回明賈母把個襲人樂得合掌念佛賈母並不改口一疊連聲快叫璉兒請那人到書房內坐下將玉取來一看即便送銀賈璉依言請那人進來當客待他用好言道謝要借這玉送到裡頭本人見了謝銀分厘不短那人只得將一個紅紬子包兒送過去賈璉打開一看可不是那一塊晶瑩美玉嗎賈璉素昔原不理論今日倒要看看了半日上面的字也彷彿認得出來什麽除邪祟等字賈璉看了喜之不勝便叫家人伺候忙忙的送與賈母王夫人認去這會子驚動了合家的人都等着爭看鳳姐見賈璉進來便劈手奪去不敢先看送到賈母手裡賈璉笑道你這麽一點兒事還不叫我獻功呢賈母打開看時只見那玉比先前昏暗了好些一面用手擦摸鴛鴦拿上眼鏡兒來戴着一瞧說奇怪這塊玉倒是的怎麽把頭裡的寶色都沒了呢王夫人看了一會子也認不出便叫鳳姐過來看鳳姐看了道像倒像只是顏色不大對不如叫寶兄弟自已一看就知道了襲人在旁也看著未必是那一塊只是盼得的心盛也不敢說出不像來鳳姐於是從賈母手中接過來同著襲人拿來給寶玉瞧這時寶

玉正睡着纔醒鳳姐告訴道你的玉有了寶玉睡眼矇矓接在手裡也没瞧便往地下一撂道你們又来哄我了說着只是冷笑鳳姐連忙拾起來道這也奇了怎麽你没瞧就知道呢寶玉也不答言只管笑王夫人也進屋裡來了見他這樣便道這不用說了他那玉原是胎裡帶來的一種古怪東西自然他有道理想来這個必是人見了帖兒照樣做的大家此時恍然大悟賈璉在外間屋裡聽見這話便說道既不是快拿來給我問問他去人家這樣事他敢來鬼混賈母喝住道璉兒拿了去給他叫他去罷那也是窮極了的人没法兒了所以見我們家有這樣事他便想着賺幾個錢也是有的如今白白的[illegible]錢弄了

這個東西又叫偺們認出來了依着我不要難為他把這玉還他說不是我們的賞給他幾兩銀子外頭的人知道了纔肯有信兒就送來呢若是難為了這一個人就有真的人家也不敢拿來了賈璉答應出去那人還等着呢半日不見人來正在那裡心裡發虛只見賈璉氣忿忿走出来了未知何如下回分解

紅樓夢第九十五回終

